AF316425

LA
SEINE ET LA TAMISE

PARISON

LE ROI DES BOUQUINEURS

NOTE ADDITIONNELLE
AUX MÉMOIRES DE HOLLANDE

NOUVELLE ÉDITION AUGMENTÉE

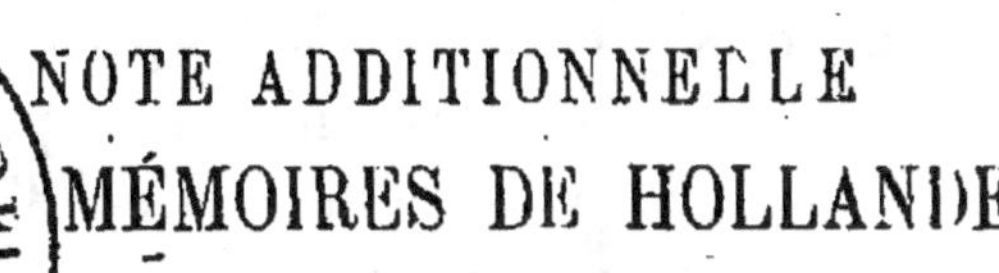

L'esprit de deux grands peuples, heureusement émules dans les arts de la paix et de la guerre se découvre dans les deux fleuves, véritables artères qui vivifient les deux capitales (*wonderful cities*). Le docteur Johnson, que la bibliographie réclame pour avoir rédigé le catalogue de la bibliothèque Harléienne, avant de s'être distingué dans la littérature, qui l'a récompensé par une statue élevée à Saint-Paul, a dit que « le bonheur de vivre à Londres ne pouvait être

apprécié que par ceux qui l'avaient habité »
—« J'ose avancer, disait-il encore à son
ami Boswel, que cette ville renferme plus
de science et de savoir, dans un espace de
dix milles, que tout le reste du royaume.»
Comparons, seulement à notre point de
vue, ce qu'on observe à l'entour des deux
fleuves : la merveille ne sera pas moins
grande. Il est vrai, qu'au milieu d'une forêt
de mâts qui ont voyagé sur tout le globe,
des magasins, remplis de productions de
toutes sortes et de toutes les contrées,
bordent la Tamise[1], et que ce fleuve est
placé, depuis Henri VIII, sous le régime
de la police et de la fiscalité de la *Trinity-
house;* ici la Seine roule plus paisiblement
ses flots, entre des quais sans pareils, et
au milieu d'édifices chers aux muses, dont
ils renferment les trésors. Depuis son

---

1 En ma qualité d'oracle sibyllin, titre que m'a donné
le bibliophile Jacob, sans doute pour rire, j'oserai pré-
dire, *Dî, talem avertite casum,* que *a great calamity* ne
sera évitée que par le moyen d'une grande quantité de
combustible enflammé qui desséchera les abords du
fleuve; l'exemple en a été donné par une ville, dans
l'antiquité.

entrée dans Paris jusqu'au palais de l'Industrie, elle s'enorgueillit de ne compter pas moins de treize bibliothèques sur l'une et l'autre rives : les bibliothèques du Jardin des Plantes, de l'Arsenal, la bibliothèque Polonaise, celles de la Ville de Paris, de la Cour de cassation, des Avocats, de la Mazarine, de l'Institut, du Louvre, du Conseil d'État, de la Chambre des députés, de la Marine. Enfin, celle des Invalides termine cette liste, au grand dépit de la nymphe de la Marne, qui réclame une mention pour la bibliothèque de Charenton, en faveur du redressement et de la consolation qu'elle procure aux âmes affligées. Nos quais, construits en pierres solides qui protégent la ville contre l'inondation, reçoivent encore, sur leurs immenses rayons, à hauteur d'appui, les *bons livres* (c'est le terme consacré) que déverse journellement le trop-plein des bibliothèques dispersées journellement par les enchères publiques. Un nombreux cortége d'amateurs, quelquefois entremêlés de jolies visiteuses, cherchent d'honnêtes bonnes fortunes qui les rem-

plissent de joie lorsqu'ils peuvent mettre
la main sur une trouvaille qui flatte leur
goût (*palatable*). Tous n'ont pas le bonheur
de rencontrer des livres avec des notes de
Voltaire, de Collé ou de Montaigne. Celui
qui eut ce dernier bonheur aurait pu être
proclamé roi des bouquineurs ou des *book-
men*, comme on dit plus euphoniquement
en Angleterre, sans nuire à aucune royauté,
pas même à celle des Gypsies. Un jour, il
lui arriva de trouver, pour dix-neuf sous,
une édition de J. César, de Plantin, 1570,
in-8o, terminée par un portrait de cet em-
pereur, tracé par la main de notre aimable
philosophe Montaigne. Ce livre, vrai mor-
ceau de prince, fut vendu 1,500 fr. *Hic pis-
cis non est omnium*. Aussi repassa-t-il le
détroit. Nos *book-men* ont déjà deviné que
ce roi de création nouvelle est J.-P. Parison, cet autre Magliabecchi, auquel, bien
plus habile que les critiques de nos jours,
il suffisait de lire le commencement et la fin
d'un livre, pour en porter un jugement sûr
et bien raisonné. Son royaume, dont il
jouissait à sa manière, s'étendait depuis le

pont Saint-Michel, près duquel était sa
résidence, jusqu'au pont Royal. Là, il tenait
sa cour plénière. Je l'ai vu donner ses au-
diences fortuites à ses amis, tous, hélas !
morts comme lui : Chardon de la Rochette,
son maître ; Van Praet, Dibdin, Alex. Barbier, Boulard, R. Héber, avec qui j'ai bu à
l'anglaise dans *Pater-noster Row* [1] : Tenurb,
Danois plus connu à Paris sous le nom de
Bruun-Neergard ; Quatremère, qui nous
semble devenu Bavarois, depuis que sa
bibliothèque orientale, *dimidium nostræ
vitæ*, nous a été enlevée par la Bavière ; et
tant d'autres, qu'il serait trop long de
nommer. Ces conversations en plein air lui
procuraient un exercice salutaire, tout en
recueillant lui-même son tribut littéraire,
qu'il prélevait, sans garnisaires, dans ses
États, pour augmenter incessamment son
trésor. Car c'en était un véritable, qui ne le
rendit pas seulement heureux pendant plus

---

[1] *I am going to Cherbourg to meet a gentleman, and his
amiable daughter, who is about to enter my family.*

.M .B

de cinquante ans, mais qui fut encore d'un
grand secours à des savants et à des artis-
tes, qui trouvaient en lui un savoir rare et
une complaisance inépuisable, comme nous
l'apprend la Notice qui précède le catalogue dressé en 1855 par le libraire Labitte.
Après la mort, dans cette même année, de
ce roi des *book-men* français, sa bibliothèque, exposée aux regards des amateurs, lui
valut un suffrage illustre, qui a dû réjouir
ses mânes. M. Cousin, ancien ministre de
l'instruction publique, en voyant tant de
richesses, et d'un si bon goût, amassées par
J.-P. Parison, improvisa devant moi, sans
s'en douter, l'épitaphe bien simple et mé-
ritée qu'on lit aujourd'hui sur le tombeau
du Mont-Parnasse, au-dessous d'un médail-
lon très-ressemblant, de la forme de celui
de M. G. Seward, placé en tête de ses
Anecdotes of distinguished persons. Ces deux
littérateurs, qui avaient beaucoup de ressemblance sous le rapport de leurs travaux
et de leur goût pour les collections, nous
apparaissent sous un costume sévère et
dans une attitude qui retrace leur ardeur

pour le travail dans le recueillement de la solitude. Voici cette épitaphe :

PARISON

HOMME DE LETTRES.

Il a travaillé pour tout le monde !
Il n'a rien fait pour lui !

C.

Je me suis permis d'ajouter au bas : *Hints start discoveries*. M. J. d'Israeli caractérise laconiquement l'utilité des recherches bibliographiques par ces trois mots de sa Notice sur l'abbé Rive, insérée dans le *Curiosities of litterature*, ouvrage composé principalement pour faire connaître notre belle littérature à ses compatriotes. J'en ai fait l'application à Parison. Ainsi s'est terminée, modestement, pacifiquement, une existence qui a conduit ce bibliophile distingué, encore plus honnête homme que savant, jusqu'à l'âge de quatre-vingt-quatre ans, presque sans infirmités. Elle mérite d'être offerte en exemple aux abonnés du *Bulletin* et à la génération actuelle.

Paris. — Imprimé chez Bonaventure et Ducessois.

NOTE ADDITIONNELLE

AUX

MÉMOIRES DE HOLLANDE.

NOUVELLE ÉDITION.

(p. 332)

Un article sur la *Pseudonymie* de Ménage, qui a été insérée dans le *Bulletin
du Bouquiniste* du 1ᵉʳ mai 1858, a donné
lieu au bibliophile Jacob de faire, non
une critique telle qu'on pouvait l'attendre
d'un bibliophile qui cherche à éclaircir
un point d'histoire littéraire, mais une
protestation acrimonieuse et menson-
gère, pour ce qui me regarde personnel-
lement, et cela au nom d'une ombre (Isarn).
Il n'était pas possible d'y faire une réponse
sérieuse qui eût obligé, pour être com-
prise, de lire de nouveau les excentri-

cités du bibliophile. Puisqu'il n'a pas jugé à propos de descendre à une simple vérification d'écriture, qui eût terminé toute dissidence d'opinion entre nous, ce qui suit la *Pseudonymie* de Ménage, origine de notre querelle, remplace une réplique que j'avais adressée à M. le Directeur du *Bouquiniste*.

CURIOSITÉ BIBLIOGRAPHIQUE.

PSEUDONYMIE.—MÉNAGE.

Dans tous les temps, les auteurs qui ont voulu se jouer des curieux ont inventé différents moyens de dérouter les lecteurs : Cicéron et le Junius anglais ont réussi dans leur projet. Le Sempsiceranus des *Lettres à Atticus* et le pseudonyme des *Lettres de Junius* ne nous ont pas encore été dévoilés, après une multitude de recherches érudites. Ménage, qui aimait à surprendre ses amis, témoin son sonnet italien qu'il leur avait présenté sous le nom du Tasse, s'est surpassé lui-même dans ce genre. On a cru jusqu'à ces derniers temps à l'existence d'un auteur du nom d'Isarn, qui n'était autre que Ménage lui-même.

Le *Louis d'or*, adressé sans nom d'auteur à mademoiselle de Scudéry, eut deux éditions, l'une en 1660 et l'autre en 1661, avec le retranchement d'un vers trop libre et des additions qui permirent de le réimprimer dans les éloges de Mazarin, rassemblés par Ménage en un volume in-folio (1666). Il avait des précautions à prendre pour ménager ses nombreux bienfaiteurs, car après Chapelain, son protégé

Était le mieux renté de tous les beaux esprits,

au point d'exciter la jalousie d'un plaisant, qui avait trouvé dans le nom de *Gilles Ménage* l'anagramme de *Mange l'Eglise*.

Voici comment il s'y prit : son *Dict. étym.*, augmenté de ses notes, 2e édition de 1694 (posthume), contient cet éloge d'Isarn ou plutôt de lui-même, comme il sera démontré tout à l'heure : « Il y a à Castres une fa-
« mille du nom d'Isarn, qui se prononce
« Isar, dont était *M. Isar, auteur du Louis*

« *d'or et de plusieurs autres compositions* « *très ingénieuses.* » Cet éloge d'outre-tombe était assez adroit et trompa la bonne foi de La Monnoye et de quelques autres contemporains ; mais aujourd'hui que les manuscrits de Conrart peuvent être lus par tout le monde, à la Bibliothèque de l'Arsenal, on voit, en regard du nom de Thrasyle, une apostille ou clef de la main de Pellisson, dans laquelle il parle ironiquement des constantes amours d'Isarn [1]. D'un autre côté, le *Grand Cyrus* [2] contient un récit piquant des amours inconstants de Thrasyle, où nous voyons figurer deux confidentes de Mandane (madame de Longueville) : mademoiselle de Lavergne et madame d'Harambure, sous les noms d'Athalie, de Cléorite, et sous les noms de Thrasyle et d'Hégésippe (premier historien ecclésiastique grec), Ménage et Huet.

La comparaison d'une pièce écrite par Ménage, que je possède, avec la *Relation d'une aventure au bord de la Seine*, signée

---

[1] Voir Bib. de l'Ars. B. L. 151, p. 615.
[2] T. VII. p. 1044 et 1090.

Ysar le Pensif, ne laisse plus aucun doute sur l'identité d'Isarn et de Ménage [1]. Quoique ma pièce soit datée d'une époque postérieure (1660), elle porte en elle-même, outre la ressemblance du corps de l'écriture, la preuve qu'elle est de notre auteur, qui en a conservé dans son *Dictionnaire étymologique* la définition du mot DISTRICT ou DESTROIT.

AU BIBLIOPHILE JACOB,

Sur sa longue plaidoirie en faveur d'Isarn, transformé par lui en chamois [2], *et plus honnétement en Isarn le pensif par Sarasin, comme Ménage (toujours masqué) nous l'apprend lui-même dans le manuscrit de Conrart, en 1653 et non en 1650* [3].

Vous prétendez qu'Issare [4] vive
Trois ans avant que d'être né ;

---

[1] Manusc. de Conrart. Bibl. de l'Ars. 151, p. 571.

[2] Cet animal, nommé *becco* en italien, a des cornes recourbées, le poil *sui generis*. C'était probablement la couleur des cheveux de Ménage, qui a dit de lui dans ses *Rifiuti di Pindo*, p 64 : *Quel aureo crin...* (V. ci-après, p. 8.)

[3] Malencontreuse citation des *Origines de la Lang. franç.*, par notre bibliophile, qui a cru y voir son Isarn.

[4] Les masques d'*Isarn, Issare, Ysar, Ysar Græses*, imitation du nom d'un compatriote de Pellisson, ont été pris tour à tour par Ménage. Il serait par trop bouffon

Le malicieux abbé Rive [1],
N'aurait pas mieux imaginé.
Autrement que Ménage habile,
Vous feriez parler un lapin [2],
Et bien plus sorcier que Thrasyle,
Sans y perdre votre latin.

Le bibliophile et le *Journal des Savants* (mai 1858) ne sont point d'accord sur Thrasyle; l'un crie : C'est Ménage! et l'autre dit affirmativement : C'est le bel Isarn! Entre eux le débat. Cependant, pour les mettre sur la voie de l'éclaircissement de cette grave question d'identité de personnes, dans ce pays de Tendre, voici des stances placées à la suite des chroniques du samedi,

---

que Rodez, qui a vu naître Samuel d'Isarn Greses, connu tout récemment par un *Récit des aventures d'un oncle en Turquie,* voulût disputer à Angers la naissance de notre illustre personnage. (V. Familles du Rouergue, t. III.)

[1] L'abbé Rive, de flagellante mémoire, était bibliothécaire postulant de M de Paulmy, à l'Arsenal. *Indè...*

[2] On lit écrit de la main de Pellisson, sur la carte de Tendre, du pays de *soumission :* « On assure ici que l'inconstant Thrasyle, qui s'est brouillé avec *Sapho,* a fait sa paix avec elle, en lui envoyant un lapin qui parle non-seulement mieux qu'un perroquet, mais qui parle comme un livre et comme un agréable livre. On a pourtant bien de la peine à croire ce prodige, car Thrasyle n'a pas la mine d'un magicien. » (V. Tacite , *Ann*., liv. VI, 21. Mss. de Conrart et l'eloge de Ménage, par le président Cousin, dans l'anc. *Journ. des savants,* 1692.)

tenues par Pellisson sous le nom du chro-
niqueur :

STANCES DE THRASYLE A SAPHO.

Sapho, je souffre un grand martyre.
Je ne sais pourquoi je soupire,
Peut-être que je suis jaloux.
Vos illustres amis ont fait naître ma peine,
L'éclat de leurs vertus met mon âme à la gêne.
Et pourtant je les aime tous.

Mais quoi ! je suis bien téméraire ;
Ils savent le secret de plaire,
Ils pourroient m'en faire leçon ;
On en voit peu comme eux, dans le siècle où nous sommes,
Vous devez les aimer, car ce sont de grands hommes,
Moi, je ne suis qu'*un bon garçon.*

MADRIGAL DE SAPHO A THRASYLE SUR CE QU'IL AVOIT D.T
QU'IL ÉTOIT UN BON GARÇON.

Si vous parlez sincèrement,
Il faut publier hautement
Qu'on médit dans le siècle où nous sommes
D'une fort terrible façon,
Car enfin, un de ces grands hommes
Dont vous voulez prendre leçon
Vient de dire sans raillerie
Qu'en matière de vers et de galanterie,
Vous êtes un mauvais garçon.

C'est ainsi qu'on préludait, dans la société
des précieuses, aux critiques si connues
de Molière et de Boileau. Tallemant des
Réaux les avait devancées.

Le Nord et le Midi vont bientôt être en

guerre pour se disputer la naissance d'une ombre. On voit déjà se dessiner l'opposition de Rodez, de Castres et sans doute de Béziers, qui a vu naître le malin Pellisson.

Risum teneatis....... La *Biographie* Michaud donne un fauteuil à un Isarn dans une Académie de Castres, qui n'a existé qu'en projet. (V. *Bibl. hist. de la France* du P. Lelong, tome IV, page 73.)

Que de déceptions! Notre bibliophile avait vécu jusqu'ici honorablement avec *ses pieds de mouche* qu'il traduisait, comme faute d'impression, par *Remarques sur les Œuvres de Montaigne*. Ne voilà-t-il pas que Jamet le jeune dit dans ses *Stromates*, transcrites par Parison, que cela signifie tout simplement des *Notes sur les Œuvres de Rabelais*, nommées *pieds de mouche* par le modeste et jovial annotateur. (V. *Bulletin du Bouquiniste*, 15 avril 1857, p. 193.)

Preuve que Ménage pouvait tenir du chamois :

EURILLA A L'DIO CHE SI MIRA NELLO SPECCHIO.

Quel aureo crin di cui tu formi al core
Mille lacci tenaci, empie ritorte,
Vedrai farsi, o crudel, per dura sorte,
Pallido argenteo, in tramutar colore.

A. T. BARBIER
Aléthophile.

Paris. — Imprimé chez Bonaventure et Ducessois.

www.ingramcontent.com/pod-product-compliance
Lightning Source LLC
LaVergne TN
LVHW010105060726
842524LV00006B/2328